清末民初文獻叢刊

游歷日本考查商務日記

[清] 劉學詢 著

朝華出版社
BLOSSOM PRESS

圖書在版編目（CIP）數據

游歷日本考查商務日記 / （清）劉學詢著. -- 北京 : 朝華出版社，2018.3
（清末民初文獻叢刊）
ISBN 978-7-5054-4186-6

Ⅰ. ①游… Ⅱ. ①劉… Ⅲ. ①日記－作品集－中國－清代 Ⅳ. ①I264.9

中國版本圖書館CIP數據核字(2017)第320334號

游歷日本考查商務日記

作　　者 [清]劉學詢

選題策劃 楊麗麗　尚論聰
責任編輯 胡　泊
特約編輯 齊　芳
責任印制 張文東　陸競贏
封面設計 劉敬偉

出版發行 朝華出版社
社　　址 北京市西城區百萬莊大街24號　**郵政編碼** 100037
訂購電話 （010）68996618　68996050
傳　　真 （010）88415258（發行部）
聯系版權 j-yn@163.com
網　　址 http://zhcb.cipg.org.cn
印　　刷 藝堂印刷（天津）有限公司
經　　銷 全國新華書店
開　　本 880mm×1230mm　1/32　**字　　數** 19千字
印　　張 5.5
版　　次 2018年3月第1版　2018年3月第1次印刷
裝　　別 精
書　　號 ISBN 978-7-5054-4186-6
定　　價 40.00元

出版前言

中國自一八四〇年鴉片戰争以來，傳統的農業文明在西方的堅船利炮轟擊之下徹底被顛覆，有擔當的知識分子苦苦追尋，思索社會改革的途徑。從最初的『師夷長技以制夷』到『民主制度，天下之公理』（梁啓超語），他們發現要『强國富民』，首先要『開啓民智』，衹有民衆擁有了獨立思想和批判精神，國家纔能實現真正的强大。在此後一百年的時間裏（一八四〇—一九四九），思想者們從社會變革深入到國民性的改造，用每一部作品見證着中國近代化的遞變歷程。這是一個極其重要的時代，《清末民初文獻叢刊》正是收録了這一時期的作品，大部分書籍都是早期版本，有着極高的文獻研究價值。

清末的中國經歷了『三千年來未有之大變局』（李鴻章語），大清王朝面對西方列强的艦炮，表現得驚慌失措。尤其是鴉片戰争，使『天朝帝國萬世長存的迷信受到了致命的打擊，野蠻的、閉關自守的、與文明世界隔絶的狀態被打破了』（《馬克思恩格斯選集》）。一批士大夫知識分子，尤其是在歐美諸國擔任使臣或者游歷的知識分子最先覺醒，着眼于對西方國家的考察，進而反省本國政治制度的劣勢，可以視作『啓蒙』的端倪。如曾擔任駐英公使（兼任駐法公使）的郭嵩燾在《使西紀程》中以日記的形式記録了自己對歐西諸國的觀感，他在考察了英國的政治制度之後，發現英國政府官員收入超過三百磅者與普通老百姓一樣同等納税，他説：『此法誠善，然非民主之國，則勢有所不行。西洋所以享國長久，君民兼主國政故也。』他明確提出了『民主』，在國家的管理問題上，人民也有參與的權利。他在該書中所披露的西方政治、經濟、文化等領域優于大清帝國這一事實觸動了保守派的神經，立刻遭到保守派群起而攻之，進士何金壽彈劾他『有二心于英國，欲中國臣事之』，他家鄉湖南的民衆對他更是痛加詆毁，以至于滿城揭帖，誣蔑他『溝通洋人』，在這種群情洶洶的情况下，朝廷最後下旨將《使西紀程》毁版，從而使該書成了禁書。然而，書雖被毁版，却不能堵死民衆的傳播與閲讀的途徑，上海的《萬國公報》依舊連載該書，張佩綸曾説：『朝廷禁其書，而新聞紙接續刊刻，中外傳播如故也。』從某種意義上來説，啓蒙是時代的需要，盡管清政府發諭旨禁了該書，民衆乃至一些朝廷大員却依舊在私下閱讀，以便瞭解外部的世界。進步的社會是開放性的，任何企圖『閉關鎖國』的努力都意味着歷史的倒退，衹有開放，與整個世界文明保持同等的步伐，纔能實現真正的强國之夢。當大批知識分子走出閉鎖的國門，親歷了文明的洗禮之後，也就把啓蒙的智識帶回了中華大地。容閎的《西學東漸記》，梁啓超的《新大陸游記》，崔國因的《出使美日秘日記》等一大批作品介紹了海外諸國的政治、經濟、軍事、外交、文化。雖然這些作品在認識上仍然帶有時代的局限性，然而却是那時最爲珍貴的聲音。

另一方面，在學術上，中國文化母體内『經世致用』思想與資産階級思想相結合，也喚起了變革，以康有爲、梁啓超爲首的改良派試圖通過自上而下的革新以實現變革。康有爲的《新學僞經考》《孔子改制考》就是借經學之表論資産階級學説之裏的著作，康有爲的弟子梁啓超更是通過《新民説》一書提出國民性改造。與早期啓蒙者『師夷長技』的器物文明引進不同，梁啓超上升到形而上的精神領域，從文化心理上更加徹底地進行變革。梁氏是清朝末年到民國初年一個橋梁式的人物，被譽爲『輿論之驕子，天縱之文豪』，其影響力不但在學術領域，同時還在文學領域，他所倡導的『詩界革命』得到了譚嗣同、黄遵憲、丘逢甲等人的響應，黄遵憲的《日本雜事詩》，丘逢甲的《嶺雲海日樓詩鈔》都體現了這種主張。這一主張要求反映新的時代和新的思想，用『我手寫我口』（黄遵憲語）的方式直抒胸臆，對長期占詩壇主流的擬古主義、形式主義産生了巨大的衝擊，解放了寫作者的心靈和頭腦。

與社會變革同步的是早期對西方思想著作的翻譯，這裏面影響最大的是嚴復，他翻譯的《天演論》《社會通詮》等書直接孕育了民國一代的知識階層。魯迅、胡適等人在文章中都曾提到《天演論》對他們思想所産生的震撼。與嚴復略有不同的另一位翻譯家是林紓，他的譯作雖然參差不齊，但却在更細膩的心靈層次對讀者産生影響，許壽裳曾回憶，他和魯迅都熱衷于林譯的小説，如《巴黎茶花女遺事》《黑奴籲天録》《迦茵小傳》等作品。

辛亥革命之後，進步社會思潮成爲主流，比之清末思想啓蒙者『求存』的追求，民國以來的知識階層深入到了更加細微的肌理，一方面呼喚社會變革，另一方面進行點滴的建設，革命并不能使所有的一切一蹴而就，在更加深廣的領域，事物的改變是由微觀而宏觀。通俗地説，比之于革命，建設的意義更大。如《中國商業史》《中國教育史》《中國倫理學史》《中國哲學史大綱》《中國小説史略》等一大批作品都是進行系統的梳理與建設的理論作品。其中，以胡適和魯迅二人的影響最大，他們的作品一紙風靡，從而成爲新文化運動的主力人物。

《清末民初文獻叢刊》收録的文獻大致上可以分爲三個階段，其中龔自珍、張之洞、魏源、郭嵩燾、薛福成等人的作品可視爲『早期啓蒙』，康有爲、梁啓超、黄遵憲、嚴復、林紓等人的作品可視爲『中期啓蒙』，胡適、魯迅、蔡元培等人的作品可視爲『晚期啓蒙』。當然，這種劃分并非嚴格意義上的，大部分啓蒙思想者隨着時代的變化，其思想在不斷進步。縱觀整個近現代史，可以發現，要求變革不是在某一個領域，由某一類人發起和完成的，而是全社會的要求。

變革，已經成爲全社會的共識。

從清末民初的文獻中，我們能够發現一種豐富性。這些作品涉及政治、經濟、軍事、教育、外交、宗教、心理、情感等方方面面，從内而外地净化着中國兩千年以來的封建積習。它不衹是對社會的改造，更是對人心靈的重塑；它首重國家社會之建設，同時亦重靈魂心智之喚醒；它是宏大的，也是微觀的；它是嚴肅莊重的，也是活潑靈動的；這些作品結構精巧，思想内容深刻，擁有濃厚的人文主義色彩，對推動社會主義建設，實現中國夢有重大意義，是近現代中國一百年來最宏富的智識與情感的寶藏。因此，整理這些文獻作品，無論是出于資料保存的目的，還是爲圖書館提供資料副本，都有不可估量的意義。

特定時代下的文獻，當它一旦形成（既指草擬，創作的完成，也指其成爲一個載體），就不可再複製了，也就意味着它將面對消亡。對于文獻資料而言，越接近歷史事件發生的時代記録，越具有研究價值。文獻本身具有不可再生性，它衹會消亡，而不會增多。盡管文獻本身的文字可以保留下來，并進行傳播，却失去了當時的時代氣息。當時的作品可能在技巧上，文字的成熟度上不及當代，但它所負載的信息，創作者的情感都反映了當時的歷史，也就是説，它具有不可替代的歷史意義。

影印的版本有三個特點，第一是擁有文獻的『原始性』；第二個特點是『未經改動的』；第三個特點是『歷史的原貌』。所謂『原始性』，也就是説，它是第一手資料，而非轉述的，回憶形成的；『未經改動的』，是指未被篡改、删節、挖補的；『歷史的原貌』是指在影印製作過程中，完全依照文獻的原來模樣……這樣製作出版的作品，無异延續了文獻的壽命。

近現代思想史上的一個最重大的思潮就是『開放』，從林則徐的『開眼看世界』到蔡元培的『兼容并包』，都是在倡導一種開放式的胸襟。而《清末民初文獻叢刊》最有魅力的部分就是『開放』這一主題，衹有融入到世界文明發展的進程中，中華文明纔能歷久彌新。

《清末民初文獻叢刊》編委會

二〇一七年四月十四日

凡例

一、《清末民初文獻叢刊》（以下簡稱『叢刊』）爲影印本，舉凡所用之底本，均爲該書之早期版本。有清末刊本，亦有民國印本。

二、《叢刊》均依底本影印，未予删改；原刊本有誤，不予校改，以保留文獻之原貌。

三、《叢刊》所用之底本，因時日久遠存在漫漶的情況，均進行了修復；底本闕文、印刷不清，均保留原貌。

四、爲讀者閲讀之便，《叢刊》中之舊底本目録未標記頁碼者，編了目次；原底本有頁碼和目録，未予重複編目。

五、爲保持文獻的原始風貌，影印本保留了原書書影（原書爲多册，則保留第一册書影）、扉頁等信息。所用底本無相應信息者，則不予妄添，以免錯訛。

目録

游歷日本考查商務日記

楊崇伊題

光緒二十五年四月二十三日慶親王面奉

上諭前經降旨令劉學詢慶寛親赴外洋内地考查

商務兹據慶親王奕劻奏稱該員等在上海與日

本總領事酌議中日商務一切辦法尚為詳細商

務實我國富强之基自應極力振興以維大局著

特派二品銜道員劉學詢員外郎銜慶寛會同日

本總領事小田切萬壽之助親赴日本逐細考查

認真聯絡庶幾内外商務日有起色朕實有厚望

馬欽此

光緒二十五年八月十六日奉

旨劉學詢慶寬現由日本差竣回滬著劉坤一傳知

該二員即行回京復命先赴總理各國事務衙門

諭旨

報到欽此

光緒二十五年九月初八日軍機大臣面奉

諭旨劉學詢著交張之洞差遣委用欽此

光緒二十五年十一月十七日奉

旨劉學詢發交李鴻章差遣委用欽此

自序

人有恒言皆曰知己知彼夫暗於自治終古病焉知己難也然不知彼則又何從而知己彼己之間强弱之積其大至於一興一亡然其差别乃或起於人工物力纖芥之微而在今日尤係於商務今之事勢蓋亦人人能知之而能言之矣學論不必言且亦有所

不忍言及若内而政治外而交涉宏綱鉅節更有非
分所當言者惟獨拳拳於我民商力之絀必不堪與
人國往來而不能盡得其所以然心竊憤之去秋在
都妄有陳説荷蒙
聖明俯採狂瞽而有考查外洋商務之
命學諭又思近已而相類者無若日本日本昔之貧

弱猶己也三十年間由貧弱而幾於富强與諸雄方

駕其由此適彼若此之易也果操何術而能然者歟

今年四月奉

命會同日本上海總領事小田切萬壽之助往考商

務以六月一日由上海起程八月二日還抵上海往

返六十一日謹將逐日聞見所及彙爲日記繕寫正

本呈由總理各國事務衙門代為

奏上而以副草付之石印夫觀於此則彼己合矣今之日本彼也非己也知彼不難一行人之微數十日力之所及雖不敢謂盡得其實而固已識其大凡惟夫用彼之長求己之短則非一人獨知之所能為力而朝野上下凡有血氣心知者皆與有責焉故曰難

也學詢謹爲其易者以待其難者

光緒二十五年歲次己亥仲冬月香山劉學詢自敘

游歷日本考查商務日記上

賜同進士出身　特派專使日本考查商務花翎二品銜即選道臣劉學詢謹記

六月初一日

上午十鐘由上海乘坐日本西京丸郵船東行

是日日本領事署繙譯官船津辰一郎三井物

產會社總辦小室三吉吳永壽郵船會社總辦

永井久一郎均來船相送吳永壽並言東京三井總行來電已派大阪分行御幡雅文至長崎相候午正駛出吳淞江羅針指東南崇明銅沙申刻見大戢山針轉正東戌刻越花腦山舵轉東向兼北一字泛大東洋風浪甚大

初二日

竟日風雨船簸盪至廢眠食

初三日

陰雨上午六鐘抵長崎入港暫泊港勢斜趨東

南崎北羣嶼環列時長崎三井分行總辦松尾

長太郎已鼓輪來接言御幡雅文因阻風止於

馬關遂登岸拜晤中國代理長崎領事官蔡薫

松尾長太郎復導游商品陳列所該所書記官植松通太郎指陳一切謂本所爲農商務省所設規模粗定未集大成然觀其羅列本土製造之宜俾工藝有所師法日新月異各極功能深得古人勸工遺意游畢款留飲饌松尾長太郎仍伴送回船並派青木勝三郎護送至馬關下

午四鐘展輪越長門入裏海

初四日

上午六鐘二刻抵馬關停輪郵船會社總辦甲藤求己三井分行御幡雅文咸來接迓御幡雅文習華語通漢學約同登岸至春帆樓午餐下午五鐘同回原船啟椗出海

初五日

上午七鐘二刻抵神戶郵船會社總辦伊丹二郎三井分行總辦吳大五郎來船相見邀赴西常盤午饍遂往拜中國神戶領事官歐陽述即留在公署晚餐九鐘仍回原船

按神戶舊攝津境更制後屬兵庫縣與大阪

均為通商要口

初六日

上午十一鐘啟輪東駛出茅渟經良由瀨戶譯言海峽屬畿内道

初七日

船東行經伊豆折而南過熊野岬再東南歷橫

根島神子元島三元大島轉東北泝相模灘觀音崎下午四鐘抵横濱上海總領事小田切萬壽之助外務省繙譯官小林光太郎郵船會社商董張果駐東京中國使館繙譯官馮國勲駐横濱中國總領事署繙譯官劉伯愚三井分行總辦中山兵馬村上純登上藤常三郎先後偕

来接談時許登岸拜晤駐横濱兼築地中國總
領事官鄒振清晚七鐘中國官商復送至志波
之鐵道登火輪車行一鐘許至新橋停車距東
京數里易馬車前往抵東京假寓日比谷帝國
大酒店十鐘即往見駐東京中國公使李盛鐸
告以来意十二鐘歸寓

按東京即武藏州之江戶城舊為將軍府地

據關東形勝德川氏還政參與大久保利通

請遷都越明治元年始東遷因幕府為宮殿

焉

初八日

上午八鐘東京三井物產會社督辦益田孝來

見並囑大阪分行御幡雅文相隨以便考查各

商務中國公使李盛鐸旋來約赴使館警保局

長安樂兼道來未及見

按警保局隷於内務省以書記官為局長主

監稽警察之職日本官制府縣專理錢糧地

丁捐輸出納各事其地方民情瑣事則由警

察署綜理之警察者持棒梭巡計時輪換晝
夜不息凡外人入境警察署即來詰取姓名
職業通報後隨時為之保護

初九日

上午八鐘亞東同文會員宗方小太郎上海總
領事小田切萬壽之助同來並告司法大臣清

浦奎吾約期晤會答以俟見外務大臣後再行
定期
初十日
下午上海總領事小田切萬壽之助外務省繙
譯官小林光太郎三井分行御幡雅文偕來約
同往拜三井會社督辦益田孝幫辦上田安三

郎畢小田切萬壽之助復設讌於新橋酒樓同

座即益田孝上田安三郎兩君論中日商務甚

詳是日為日本行治外法權始期

按日本維新三十二年至今日始有治外法

權非自强昌能臻此所謂治外法權者自此

以往日本内地准各國人民雜居有犯法者

歸日本囚禁之先是東歷七月十一號上午
大藏省松方內務省西鄉文部省樺山陸軍
省桂外務省青木司法省清浦農商務省曾
禰海軍省山本各大臣會議於內閣總理大
臣山縣侯爵官邸曾議及中國除租界雖尚
未准各國商民雜居以現值聯好之際應並

准我國商民一律隨意雜居所享權利一如
歐美各國民人惟下流勞役者則仍不許踰
租界議乃定

十一日

下午偕中國公使李盛鐸往拜外務大臣青木
周藏子爵繙譯爲外務省公使館二等書記官

楢原陳政談論時局甚久出復往拜外務省次
官參與官各局長書記官秘書官繙譯官
按日本舊有外國事務局管外國交際貿易
疆土開拓明治元年中國同治七年九月移外國官
於東京二年二月置諸開港通商司管貿易
事務七月廢外國官置外務省後屢損益定

為今制設外務大臣一員視中國尚書次官一員視中國侍郎參與官秘書官書記官奏任凡九等判任凡五等復有政務通商取調繙譯記錄會計各局凡定條約遣信使通市舶之事大臣率其屬以定議大事上聞小事則徑行書記官主譯文書通語言款賓客具草案或分

國或分事各專其責屬官承辦庶務凡朝會
宴饗外務大臣在鄰國公使之上公使入國
先謁外務大臣示以國書稿而後覲見有事
則折簡約公使會商於本省亦有遣書記官與使館書記官
議商具草後定之者而凡鄰國領事涖任公使具其姓
名告之大臣外務省假以文憑曰認可狀得

狀乃視事領事踰法度者大臣得以其罪狀

達其國外務請撤之歸凡地方官與他國領

事交涉財產屬之府縣官鬥爭屬之警視局

訟獄屬之裁判所課稅屬之稅關長然皆隸

於外務省若兩國爭執以其事申之外務省

大臣告之公使而會議焉凡國中律令格式

宣告於四方者亦達之公使凡鄰國大賓來
則設領客使接伴掛以周旋之凡駐外公使
領事皆受外務大臣指揮公使領事旬月必
有報書記官譯而編錄之使周知他國之政
治風俗特命全權公使主修鄰好覘國勢𧁿
商旅所駐之國條約内事皆任其全權而事

仍隸於外務省若國家大事則受外務大臣

指揮而後行凡彼國有事必報達外務辦理

公使（官職小者）差代理公使（公使歸國以書記官代理者）任事

同而職少殺惟因事派遣授以全權者受命

而出事得專行凡特命全權公使多以二等

官充拜命則解本官歸國若不授別官仍隸

於外務省在任無定期

十二日

上午上海總領事小田切萬壽之助外務省公使館二等書記楯原陳政來見述前任總理大臣侯爵伊藤博文約下午三鐘會晤於酒店樓上屆時小田切萬壽之助為之繙譯健談至七

鐘一刻始散旋往答拜伊藤侯並拜警保局長

安樂兼道

十三日

上午十二鐘上海總領事小田切萬壽之助外

務省繙譯官小林光太郎三井分行御幡雅文

偕赴三井銀行查考該銀行規制又查看三井

綢緞莊及現造鐵行工程並銀行抵押貨物倉
庫
按三井銀號創始在延寶年間中國康熙初年當時
日本閉關謝客商務未興無人知有銀號滙
兌之法惟三井宗族創銀號於江戶今改東京及
大阪之三府資本殷實名譽灼然明治維新

後新定銀行律例遂遵章改兩替店滙兌銀號而為銀行並參酌西法以變通盡善迨政府重訂商法律專為保護商民一切營運產業該銀行復遵新律推廣經營以裨商政而益國課而三井銀行遂為國內最大銀行中之一其東主為男爵三井八郎右衛門三井元之

助三井高保三井八郎次郎三井守之助而三井高保現充銀行總董之職總理事為中上川彥次郎幫辦行務其抵押貨物倉庫東京之外大阪橫濱神戶馬關各埠均有一律西式建造極為堅固云三井氏於銀行外尚有經商各種事業曰三井物產公司開創二十餘年

游歷日本記

專經營內外通商事務總行在東京枝行分設國內屬地並分駐外國倫敦紐約孟買星嘉坡香港以及上海天津東亞各埠總董為三井元之助總理事為益田孝總曰三井礦務局專辦五金煤礦事務其辦有成效者則以三池煤礦為最著云總董為三井三郎助曰三井綢緞莊一號越後屋已設二百餘年專售各式綢緞綿布疋頭總董為三井源右衛門曰三井地段局專管三井家屬之地業國內各府縣地段甚多總董為三井復太郎三井工務局專督辦三井氏

屬之紡絲及製造機器等事務總董督理為三井之武之助幫辦為朝吹英二其工廠曰芝浦工作廠曰新町紡絲廠曰前橋紡絲廠曰富岡紡絲廠曰名古屋紡絲廠曰三重紡絲廠曰大嶠紡絲廠現又改造鐵行工程已閱三年再逾兩年而始成全用鐵質工費浩繁擬將各業辦事處歸併一起以期氣脈相通而收安捷之益

十四日

赴中國使館與公使李盛鐸商議一切事宜

十五日

上午十一鐘偕上海總領事小田切萬壽之助

往拜內閣總理大臣山縣有朋侯爵下午外務

省次官高平小五郎特命全權公使兼外務省

參與官赤羽四郎外務省政務局長内田康哉外務省通商局長杉村濬外務省書記官兼外務大臣秘書官加藤恒忠三橋信方外務省書記官大前退藏外務省秘書官畑良太郎吉田要作書記兼繙譯官小林光太郎上海總領事小田切萬壽之助公讌於芝園紅葉館同座者

為中國公使李盛鐸使館繙譯官羅庚齡馮國

勳

十六日

正午上海總領事小田切萬壽之助來告外務

大臣奏准本月十九日上午十鐘三十分覲見

十七日

上午十鐘上海總領事小田切萬壽之助來鈔
取頌詞稿送外務省與宮内省酌定覲見禮節
十二鐘三井會社派員來約偕外務省繙譯官
小林光太郎大阪分行御幡雅文同至上野附
火輪車至王子地方察看會社機器造紙所又
至印刷局機器抄紙所其規模較會社尤覺整

齊機器四座約用男女工一千餘人開辦在明
治七年官本百餘萬每年可得一成之利凡金
銀幣紙官用簿紙皆由該局承造局中分製藥
造紙兩科凡造紙須先以藥製紙料藥以苛性
曹達及洒粉為主有製造硫酸器煎熬硫酸室
造石灰竈六座又有硫酸食鹽鹽酸尾斯譯作鹽酸

氣極熱入水稍涼製石灰必用此物造紙之法以第二酸化滿加（藥名）及格魯兒加兒（藥名）即（苛性曹達）融化未成紙之質以硭硝石火灰燒成黑灰用黑灰造苛性曹達煮紙之原質再用洒粉煮二次即成白色矣以破布洗淨加藥水入大鍋煮之即化成紙料大鍋共有八個煮紙料時熱蹌

百沸湯不能近視總辦出製成暗花紙樣各色
各種相示畫繪與製造俱成兩絕歐洲不如鄂
省曾定造紙幣一百萬圓業已繪樣開造隨後
復察看會社製造綿絲絹絲毛絲機器所專仿
西式衣袴巾襪美商多購運至中國口岸易西
洋牌子以愚華人利其價廉而神似也

十八日

上午七鐘上海總領事小田切萬壽之助來約

同往拜宫内大臣子爵田中光顯司法大臣清

浦奎吾午刻外務書記官楢原陳政來告明日

上午十鐘三十分覲見外務省派充繙譯

十九日

上午七鐘外務省繙譯官小林光太郎三井分
行御幡雅文來寓後外務省遣雙馬官車來迎
由櫻田門至皇宮門首駐車中國公使李盛鐸
偕往沿途警察員宮内外近衛兵官均額手致
禮入宮經長廊十餘折至一殿宇由式部大臣
三宮男爵延入坐告以覲見禮節旋引至偏殿

上設御座須臾

日皇出佩刀御中等禮服免冠立御座前侍從大臣

德大寺實則侯爵暨執事各官皆免冠鞠躬依

序立外務省繙譯官楢原陳政先趨侍御座右

式部大臣前引學詢等依次入三鞠躬至御前

寒暄數語即宣頌詞

日皇亦即答詞如儀均由楢原陳政繙譯禮畢三鞠

躬退出式部大臣侍從大臣均送至殿廊轉角

握手為別宮內省次官川口武定男爵送出宮

門上海總領事小田切萬壽之助復同往拜農

商部大臣曾禰荒助論及中日商務承許如有

考查本國商務事件可以隨時諮詢所轄之農

務局蠶絲局商品陳列館俱可隨時往閱請將農商務省沿革章程見贈允以將來檢齊交小田切萬壽之助轉致曾禰大臣旋遣秘書官杉竹三郎持刺來答拜亞東同文會員宗方小太郎函告子爵長岡護美宮中顧問官陸軍少將佐藤政約明日十鐘來拜下午十一鐘偕外務省

繙譯官小林光太郎往拜式部長三宮大臣侍

從大臣德大寺實則侯爵日本國家銀行總裁

山本達雄三井銀行總辦中上川彥次郎幫辦

波多野承五郎東洋瀛船會社督辦淺野總一

郎三菱會社總辦豐川良平幫辦瓜生震

按農商務省設大臣一員次官一員秘書官

參事官奏任判任官視各部置農務局掌農
事蠶絲製茶畜產家畜衛生狩獵水產各事
務商工局掌商工度量衡及商業會社事務
山林局掌官家商家森林原野事務鑛山局
掌鑛業事務特許局掌工商創造領牌專利
事務又有地質調查所掌分析地形地質土

性事務商品陳列館掌陳列內外商品參考

製造事務

二十日

上午七鐘式部長男爵三宮大臣來寓答拜八

鐘偕上海總領事小田切萬壽之助往拜郵船

會社督辦近藤廉平三菱會社主人男爵岩崎

彌之助東京商業會議所總辦澁澤榮一談中
日商務甚久歸寓少遲子爵長岡護美宮中顧
問官陸軍少將佐藤政來拜未值仍在亞東同
文協會相候即前往答拜並見其辦事員田鍋
安之助清藤幸七郎柏原文太郎十一鐘亞東
同文會員宗方小太郎宮内大臣子爵田中光

顯侍從大臣德大寺實則侯爵宮內次官海軍主計總監男爵川口武定先後來拜下午五鐘復偕外務省繙譯官小林光太郎三井分行御幡雅文赴柳橋龜清樓東京各鉅商之約主人為山本達雄日本銀行總裁高橋是清日本銀行副總裁近藤廉平郵船會社社長澁澤榮一東京商業會議所會頭中野武營

大倉喜八郎均商業會議所副會頭 淺野總一郎東洋汽船會社

社長相馬永胤橫濱正金銀行頭取 三崎龜之助正金銀行支配人

添田壽一台灣銀行頭取 豐川良平 瓜生震均三菱會社支配人

中上川彥次郎 波多野承五郎均三井銀行專務理事 朝

吹英二 高橋義雄均三井綢緞莊專督理事 益田孝 上田安

三郎均三井物產會社專督理事 三枝光太郎台灣協會幹事 岩永

省一日本郵船會社陪讌者為外務次官高平小五郎

外務省政務局長内田康哉外務省通商局長

杉村濬外務省書記官三橋信方加藤恒忠公

使館書記官楢原陳政外務省繙譯官小林光

太郎大阪三井分行御幡雅文上海總領事小

田切萬壽之助入座後澁澤榮一起而言曰今

日東京衆商設讌荷兩公不棄來與斯會不勝
欣幸澁澤榮一謹代衆商前席陳詞伏望鑒而
納之敝國方里狹隘物產不多商務本不足觀
然自我國維新以後君臣上下咸曉然富國必
以振興商務爲本極力經營今日始畧有進步
貴國幅幀廣戶口繁出產多商人又能耐勞苦

若再講求進步實環地球商務不能望其肩背
獨惜我兩國雖同洲咫尺而彼此商人未能聯
絡利權坐失實屬可惜其故皆由兩國商人為
一己之私利未謀大局之公益步步轉落人後
貴國亦嘗派員東渡然皆為兩國交涉而來從
未有考查我國商務之舉今兩公奉命遠來且

有聯絡兩國商務盛意是誠千載一時機會故
我舉國商人雲起雷動歡忻鼓舞亦為向所未
有伏望兩公此行多為查攷歸國之日實力提
倡是我舉國商人所跂望也語畢御幡雅文繙
譯華語相告合座復為鼓掌學詢即起而答曰
某等猥以不才膺考查商務之任承貴國諸君

子之愛所至無不殷殷以興亞開誠見告今日
又蒙諸君子勝會相招不勝感紉其何以感紉
之故誠以日本鉅商俱薈萃於東京而諸君子
又為貿易會中之領袖茲獲與諸君子聚會即
與貴國闤境諸商聚會無異且將來中日兩國
商務聯絡振興即可以諸君子今茲聚會為基

礎况兩國近在同洲有輔車相依之勢國家富
强之基本於商務若乘此兩國和好之會彼此
認真聯絡毋詐毋虞則商務之盛可計日而待
惟查我兩國近年商務尚不無遺憾去年各國
在中國商務有三億萬六千八百六十餘萬兩
之多而中日兩國商務不過有四千三百四十

餘萬兩以兩國交易最稱利便而商務止有此
數又查去年各國商船由外國進口向外國出
口載有貨物九百八十二萬噸而日本商船只
佔八十四萬噸又查各國商船在中國江海各
口岸來往載有貨物二千四百三十萬噸而日
本商船只佔七十萬噸以兩國海程至爲近便

而商船來往又止有此數故鄙意尤願貴國與

中國極力講求中日各商亦須認真聯絡挽回

亞洲利權方為登高造極至於如何聯絡如何

振興諸君子智珠在握必能先得我心也小田

切萬壽之助為操東語譯述合座亦鼓掌稱善

二十一日

上午十一鐘上海總領事小田切萬壽之助中國公使李盛鐸來同赴總理大臣山縣有朋侯爵目白邸宅之約同座爲外務省大臣青木周藏農商務省大臣曾禰荒助高平次官内田政務局長加藤秘書官三橋秘書官吉田秘書官席散移坐於椿山莊樹林陰翳如置身深山悠

然意遠山縣侯爵復自導登山巔憩於松下小
亭侯爵以武功起家昔年征内亂時戰於松林
鎗彈中林木如蜂房蟻穴殊惡戰也事平伐其
木歸結此亭以記其事午後四鐘歸寓中國公
使李盛鐸以覲見事畢囑移駐中國使館為便
遂從之

二十二日

午刻外務省繙譯小林光太郎三井分行御幡

雅文上海總領事小田切萬壽之助來偕往拜

謁內務大臣侯爵西鄉從道下午六鐘同中國

公使李盛鐸繙譯官羅庚齡上海總領事小田

切萬壽之助外務省繙譯官小林光太郎往上

二番町十五番赴外務省大臣青木周藏子爵之宴同座為高平次官内田政務局長吉田秘書官先茶話刻許導觀後圃三百餘年古樹叢陰匝地頗有山深林密之象宴罷移榻草坪圍坐納涼與論亞洲時局甚詳至十二鐘始歸

二十三日

上午十一鐘偕三井分行御幡雅文外務省繙譯官小林光太郎往查芝區勸工場地廣數十畝上覆屋瓦下層折如廊凡有新奇器具者許於此設肆交易價皆劃一雖使五尺童子適市莫之或欺每物一種列為一肆如金銀銅錫鐵器竹木器磁瓦器髹漆器各從其類每類數十

家非物之佳者不入場即入場亦無過而問者其設是場也欲使人各謁其智巧以爭勝所以奬其能而愧其不能意至深遠下午四鐘偕中國公使李盛鐸赴星岡茶寮公讌主人為長岡護美（子爵）清浦奎吾（司法大臣）榎本武揚（樞密院顧問官子爵前海軍中將外務大臣駐北京全權公使）佐藤政（宮中顧問官陸軍少將）岸田吟

香伊澤修二（貴族院議員）長谷場純孝村松愛三安東俊明（法學士）國友重章田鍋安之助小川平吉池邊吉太郎神鞭知常同座為上海總領事小田切萬壽之助

二十四日

下午二鐘偕上海總領事小田切萬壽之助往

拜台灣銀行督辦添田壽一該銀行創辦僅數
月添田由法學士出身精明而極誠懇先言本
銀行設立之意再言銀行有益國家有裨商務
並言日本從前未有銀行財政商政上下交困
近日國家官商合力整頓交受其益力勸中國
宜及早籌辦免利權全歸外人國家遇有大舉

動大兵役大工程全藉外人之財即授外人以柄未言中日及今聯絡雖屬遲誤尚有振興之機若有考查銀行事宜隨時諮詢願以實告洋洋洒洒數千百言頗有肺腑相示之意復拜晤相馬永胤橫濱正金銀行督辦高橋是清日本銀行副總裁是日

內閣總理大臣元帥侯爵山縣有朋來館答拜

上卷終

游歷日本考查商務日記 下

賜同進士出身 特派專使日本考查商務花翎二品銜即選道臣劉學詢謹記

二十五日

上午十鐘三菱公司東主岩崎彌之助男爵來

晤論及亞東時局甚形親愛當其國家維新時

與三井曾毀家紓難故日本商務以兩家為巨

擘而國家亦極力保護之叔姪二人積有家資

數千萬實為日本巨家十一鐘內務大臣西鄉

從道侯爵來拜外務省繙譯官楢原陳政為之

繙譯侯極誠篤為日本物望所歸一鐘偕外務

省繙譯官小林光太郎三井分行御幡雅文往

看商品陳列館規模新締隸農商務省館長佐

藤顯理導引查考器物百貨駢列比勸工場尤
為精奇新巧隨往金杉橋查看三井會社所置
芝浦工作廠製造輪船電燈水雷等屬總辦為
斯波權太郎技師為工學士渡邊秀次郎
二十六日
恭值

萬壽

聖節在使館隨行朝賀禮上午八鐘偕上海總領事

小田切萬壽之助三井分行御幡雅文外務省

繙譯官小林光太郎至目黑查看惠比壽麥酒

會社晤總管製造事務高木貞幹董事三浦泰

輔總辦馬越公平周歷閱視自播麥起以迄成

酒裝瓶止逾四鐘久始閱竣該廠計有男女工三百二十六人規模極大製法精良成本八十一萬元凡六個月結帳一次上屆已獲二成五之利據云下屆酒可增至三萬五千石則獲利尤厚初日本通商後西洋入口麥酒銷售甚鉅歲輸金錢無算嗣鳩設公司自行仿造精愈求

精此時微特西洋麥酒不能行銷日本而日本麥酒轉可行銷於中國各口岸並漸推廣至南洋羣島其暢銷所由來製造精美酒與歐洲相等而價轉較歐洲為賤也馬越公平向在三井公司充幫辦之職上年始專理麥酒公司事因與詳論商務具有卓識隨至荏原郡大井村查

看後藤會社機器織毛製造所其社員為後藤
恕作杉原榮三郎引視工廠詢悉成本共四十
萬元為後藤一家之業每年得利約二成餘羊
毛係購自天津及澳大利亞織成羽紗羽綢毡
毯之屬俱與歐洲無異後藤又引至本屬製造
洋毡機器所規模雖小所織皆粗用之物而價

值較歐洲尤廉國內所需無庸購諸他國亦塞
漏卮一法
二十七日
上午九鐘偕上海總領事小田切萬壽之助外
務省繙譯官小林光太郎三井分行御幡雅文
往印刷局查看局長得能通昌延入導赴印刷

排裝雕鏤畫繪電鍍各所逐一考視規模宏大
凡國家證券金銀鈔票印花郵片以及編輯官
書官報公用文冊悉歸該局承辦照市發賣紙
料則專取給於王子抄紙局而償其值下午三
鐘上海郵船會社總辦永井久一郎來見
按印刷局隸內閣總理大臣掌管設局長一

員係二等勅任官監督局中事務所屬職員則有事務官一員係奏任官技師則有三十六員技手四十五員係判任官

二十八日

上午七鐘後日本各部大臣各國公使來中國使館祝

掇隨同公使李盛鐸出與周旋下午七鐘李盛鐸設

讌使館約有上海總領事小田切萬壽之助外

務省繙譯官小林光太郎三井分行御幡雅文

二十九日

上午九鐘偕上海總領事小田切萬壽之助外

務省繙譯官小林光太郎詣司法省拜晤次官

波多野由次官引見控訴院院長判事春木義彰取司法省全圖出示先引至控訴院大堂是日適有堂事次官為設座堂後觀其審斷少頃出游控訴院各局所後至大審院院長判事男爵南部甕男出迎復導觀大審院各局所其規制大審院如中國之刑部大堂控訴院如中國

之刑部司堂凡訟案必先由地方裁判所審勘如未允服始至控訴院上告儻斷仍未協始上大審院而會審焉晚赴司法大臣清浦奎吾之約設宴於官房房與司法省毗連悉仿西式氣象宏敞清浦大臣御禮服佩寶星欵洽甚歡

按日本刑政舊依唐律及王室衰微政在幕

府刑罰或輕或重惟長官之意數百年來專
尚嚴酷竊盜誹謗罪均至死明治維新乃採
用明律迭有增損著為新律綱領一書頒行
國內八年五月改設大審院及諸裁判所釐
定職務事務章程頒發控訴規則上告規則
乃稍參西律十年二月又有更改自外交訂

約後泰西流寓商民均歸領事官管轄日本
欲依通例改歸地方官而泰西各國僉謂日
本法律不完其笞杖斬殺之刑不足以治外
人日本政府遂一意改用西律敕元老院依
擬法國之律畧參本國規制纂定諸律曰治
罪法曰刑法於十四年二月一律頒行

七月初一日

午後上海總領事小田切萬壽之助奉外務大臣青木子爵命來約六鐘同至邸宅夜談至一鐘始歸

初二日

外務省繙譯官小林光太郎三井分行御幡雅

文來酌定查看郊外各製造廠日期

初三日

下午兩鐘偕外務省繙譯官小林光太郎三井

分行御幡雅文覆看商品陳列館其館長佐藤

顯理逐細引看陳列本國製造綿織物絲織物

絲綿交織物衣服巾扇陶品磁品七寶器漆器

竹器銅器罇器紙器以及絲繭茶菸五金鑛質
山林材木之屬貴值千百賤值毫釐別類分門
各注工商姓名價值於其下非僅有以激勸工
商抑且藉以維持商務法至善也閱畢與館長
詳論中日工商得失亦謂尚宜變通盡善以求
兩國裨益

初四日

下午四鐘上海郵船會社總辦永井久一郎來

約讌集不忍池湖亭又名小西湖四面荷花一

堤楊柳夕陽初下雨送秋來風景殊勝日本詩

人森泰槐南以詩見贈曰瑤禽若木拂枝迴盡

道人從北闕來鷁首雲低連渤澥龍鱗日麗謁

蓬萊結歡自仗同文誼籌國齊須借箸才一笑

樓蘭誇電連看朱成碧漫相猜學諭步韻和之

曰不忍池頭緑水迴荷香著雨趁風來文章兩

國開壇坫事業千秋出草萊人詡相如初奉詔

世無賜也敢言才傳杯拚醉葡萄酒一任弓蛇

影誤猜禾原復投以詩學諭亦次韻作答曰六

合何殊一比鄰同洲今日更相親晉唐遺俗衣
冠古李杜清才詞賦新載酒客來壺嶠地看花
人憶海天春風霜暗換征袍色羞對池荷絕點
塵酬酢甚歡十鐘始散
初五日
上午七鐘偕外務省繙譯官小林光太郎三井

分行御幡雅文上海總領事小田切萬壽之助
赴東京府南葛飾郡吾嬬村查看莫斯林毛織
會社總辦端善次郎迎往各機器廠閱視有熨
絨室彈羊毛室極熱上顏色室洗羊毛室織絨
室均置有電燈晝夜分班工作其羊毛多購自
天津及澳斯福利亞兩地廠中所設為乾絨器

乾羊毛器縮絨器起毛器紡毛器經綫器整經
器用風力乾線器刷絨器剪縱絨器發彩器剪
經面器磨搓器男女工共一千五百人章程則
有職工規則寄宿舍規則並設有醫院以療本
廠病人飯鍋水鑊大可數圍繞以瀛管歷三十
分鐘而千五百人之炊已熟誠大觀也查其股

本共一百萬元開辦僅一年（明治三十一年七月一日設）上半年結帳已盈餘四萬九千九百元有奇端善次郎言從前每年法國運入各色洋布有四百餘萬自開辦半年後入口已少一百六十餘萬然所需羊毛仍須購自他國每年輸出約值百萬實收回利權六十餘萬將來尚擬設法挽回

裕商即以保國持論正大尤足令人起敬午後
再往田村查看鐘淵紡績會社其鍋爐機器與
上海紗廠同廠有四萬錠子男女工計一千八
百人新舊兩局併而為一舊局已設有十二年
新局亦辦有六年股本共二百五十萬總辦為
和田豐次歸途道出想塢訪榎本武揚子爵不

過順游新草園園在墨沱之濱種有梅花百樹

主人歡迎出字畫數卷品評藉以小憩片刻

初六日

上午八鐘商品陳列館長佐藤顯理來見去後

偕上海總領事小田切萬壽之助往拜陸軍大

臣桂太郎子爵談甚久並云所管陸軍處所均

可知照查看出拜參謀本部總長未值次長中
將男爵大迫尚敏第二步長步兵大佐福島安
正談逾時始別
按日本舊有海陸軍事務科明治元年二月
置督主之旋改軍防事務科置督輔四月廢
改置軍務官置知事副知事二年七月廢改

置兵部省置卿大輔五年二月廢始改置陸軍設大臣掌之官制視各部有總務局騎兵局礮兵局工兵局會計局醫務局憲兵本部屯田兵本部礮兵方面東京礮兵工廠大阪礮兵工廠工兵方面近衛監督部各鎮台監督部參謀本部皆隸焉

初七日

上午九鐘外務省繙譯官小林光太郎來偕訪郵船會社社長近藤廉平茶話之約有上海郵船會社總辦永井久一郎在座導游新築園林移時入座縱談兩國商務甚久下午歸駐橫濱中國總領事官黎振清來見新草園主人持絹

幅索書勉以應之

初八日

上午九鐘上海總領事小田切萬壽之助三井

分行御幡雅文來告商品陳列館佐藤館長約

往看七寶器皿皆著名匠手一用日本舊法一

用新法一參用中國法而變通之鬼斧神工各

擅勝場

初九日

上午九鐘偕上海總領事小田切萬壽之助三井分行御幡雅文查看日本銀行總裁山本達雄延入廳事告以本國初無銀行明治五年官定國立銀行條例九年復增損之商家於是爭

相開設多至百五十餘家然散處四隅未能互
相聯絡貨幣不獲流通時形壅滯政府廼仿泰
西各國之制官商合貲設立日本銀行於東京
令各銀行悉屬之提綱絜領彼此渥注商賈稱
便十餘年來商業振興實基於此而國家賦稅
整頓公債軍務公債一切度支均歸本銀行司

其出納大藏省專主會計而已本銀行創於明治十五年官商資本金先後增至三千萬元分十五萬股按三十一年營業報告而論取引譯言駮總高金九十億千九百三十三萬二百三十一元六十六錢一收納譯言存款高金四十五億九百四十七萬四千四十八元九十八錢四厘仕

拂譯言放出高金四十五億九百八十五萬六千百八十二元六十七錢六厘現在譯言現存金六千六百七十八萬七千九百三十四元六十一錢九厘利益譯言餘利金一千二十六萬六千百七十三元三十四錢七厘深望中國及早開辦實於國計商務有裨語訖派員導觀各辦事所分官事

商事為兩科各有專司不相淆雜規制井然復
引觀地庫周圍砌壁以石地鑲小鐵軌便於運
送並設有發電機器燃燈送風皆由電機發動
雖在地室中無黑暗潮濕之處庫凡十有三庫
門置鎖鑰兩重外重有設一時表者某時啓庫
必用某鑰乃能啓之易他鑰不能啓也啓時內

有監掣外有護兵啓閉後封誌其上防弊之法
至嚴密矣是日盡啓諸庫逐一引看就金錢而
論庫存六千七百餘萬據云合分行庫儲共存
一萬三千餘萬鈔票即依此數行用旋出庫外
查看四圍周以水渠寬僅數尺而深逾尋丈遇
不測則開機器引水灌渠使庫宛在水中莫之

能為閱畢復返廳事總裁已檢取上年日本銀
行報告書條例書整理公債取調（譯言查考）書單事
公債取調書分贈尚有秘密章程允以鈔送詢
其纂造銀行工本約一百五十餘萬亦鉅矣
晚赴永坂周二之約永坂精西醫能詩工書畫
日本知名士也酒後詩以贈之讀畫聽香自古

今依然城市亦山林移家為愛詩人宅濟世應

同良相心好客郗超多秀美憂時杜甫且長吟

憐余求艾三年志欲起瘡痍歎病深

初十日

天氣炎熱如酷暑不能出門

十一日

熱尤甚午後上海總領事小田切萬壽之助來

與之商議還請日本官商公讌事

十二日

上午九鐘偕三弟分行御嗜雅文至橫濱拜中

華會館商董鮑焜廬謹庭羅和聲羅廷琛譚輝

垣張汝果孔雲生曾卓軒袁淦輿談商務論及

時局曉以忠義各皆激發隨往聘駐橫濱中國
總領事官鄒振清詳詢本埠商情
十三日
上午十一鐘中華會館衆商董設讌相招赴之
下午三鐘回東京六鐘貿易協會議員公讌於
紅葉館主人為池田謙三東京第百銀行支配人大谷嘉

兵衛 橫濱茶商 岩谷鷹藏 東京部烟草雜貨商 岩永省一 日本郵船

會社 今村清之助 東京今村銀行頭取 長谷川武次郎 東京歐文

書籍商 羽田如雲 東京西洋酒料品海菜商 食服部金太郎 東京

時計商 服部鎮三郎 東京販運鐵軌附屬諸機械商 林忠正 東京巴黎

博覽會事務官 西川忠亮 東京手漉白紙販賣業商 堀越善重郎 東京

海外直輸出商 大塚琢造 東京海外直輸出入商 大橋新太郎 東京

博文館主瓦斯式會社專務取締役大倉喜八郎大倉組頭取米井源治郎磯野商會員高橋是清正金銀行副頭取周田考吉第十五銀行頭取祖山鍾三高等商業學校教授土田政次郎日本製藥合資會社鶴原定吉日本銀行員永富雄吉日本郵船株式會社支配人鹿島萬兵衛上海英租界鹿島洋行主野中萬助海運業及貿易商隈本榮一郎美國石油諸機械油蠟商福原有信資生堂藥舖帝

國生命保險會社長　深澤正三郎　貿易商　小林義雄　歐風室內裝飾

師　小林大次郎　三木商店員　森島清一　海外直輸出入商　小

島龜吉　貿易商　近藤賤男　日本輸出入會社主任　近藤輔宗

貿易商　後藤恕作　日本毛布製造會社取締役　惠藤卯三郎　日本

小間物商　榎本重美　燐寸製造業　阿部孝助　東京銀行取締役　淺

野總一郎　東洋汽船株式會社長　淺沼藤吉　寫真器械石坂器械製造

販賣業淺井半七　銅鐵商松下與三郎　輸入貿易商佐藤
三次郎　雜業佐野令三　直輸出入商木村騰　烟草商宮部
久　東京製絨株式會社長宮部敏功　東京製絨株式會社支配人森村
市左衛門　日本銀行監事直輸出入商諸葛小彌太　森村銀行支配
人鈴木倍次郎　舶來織物輸出入商直杉木鶴五郎　西洋食料
品商緒明榮三郎　造船業鈴木恒吉　洋酒商馬越公平

東京麥酒株式會社事務取締役　岡田來吉　洋紙商　廣瀨源三郎

貿易商　十文字信介　日本農事雜報社主　小松久吉　織物輸入商

世繼富五郎　鼈甲問屋　大高政兵工　船具問屋　井上敢次

郎　銅鐵取商　引服部敢　三井物產會社倉庫內開通合名會社員　大谷幸

兵衛　茶商　落合留次郎　漆器品商　織田甚三　陶磁器商　高木

三郎　同伸株式會社員　田原榮　漆器製造業　村松武一郎　會社

員山田拽養（美術品商）松村青吉（海外直輸出入商）增田增藏（砂糖商）小林助桂（藥種商）淺岡岩太郎（亞細亞貿易會社員）宮川香山（陶磁器製造業）樵野正兵衛（絹物商）廣瀨金七（茶商）森謙吉（第七十四國立銀行員）鈴木行吉（絹物商）鈴木盡介（絹物商）陪譙者為外務次官參與官秘書官書記官及上海總領事小田切萬壽之助

十四日

天氣大熱如中國三伏時午刻上海總領事小田切萬壽之助外務省繙譯官小林光太郎三井分行御幡雅文來料理邀客東交郵局分遞

十五日

上午九鐘中國公使李盛鐸入山避暑學論亦

有查看足尾銅鑛之約遂偕至上野乘火輪車
歷三百餘中里十二鐘到日光山假金谷酒店
一宿上海總領事小田切萬壽之助外務省繙
譯官小林光太郎三井分行御幡雅文亦先後
來止
十六日

上午十鐘坐人力車入山下午三鐘住中禪寺
外湖邊望湖樓風景約畧與西湖相似
十七日
早起寒甚大有秋意上午八鐘乘肩輿過阿嚴
瀧茶亭觀磁鋑石寶篋印塔下午四鐘至足尾
山谷口銅山鑛總辨已派清田立木二員迎於

鐵道馬車站易車行逾二鐘入古河銅鑛局總
工程師猴崎出迎導觀各處由洞口起首爲分
礦質機器所次爲陶汰礦質機器所又次爲轉
運礦質機器所又次爲鎔煉礦質機器所末至
範成銅磚所止九鐘復乘馬車宿於足尾町鷓
屋清田立木諸君設筵款待宴罷研墨就席索

書而去

十八日

上午七鐘總工程師猴崎来同閲所築水池工程糜欵百餘萬先是近山居民以古河採挖銅鑛山水為之渾濁且含毒質不能食往愬於農商務省官乃勸令古河築濾水池漉其渣滓水

清與山泉無異衆始悅服旋往拜總辦近藤陸
三郎論礦務甚詳人極誠懇挽留再三力辭乃
已親送至車站並派立木送出谷口乃別去二
鐘三刻出青瀧回日光仍假館金谷酒店上海
總領事小田切萬壽之助先歸

按足尾銅山鑛在栃木縣下野國上都賀郡

足尾町故名足尾銅山距東京四十東里自

海面高起四千四百尺該礦開挖設廠之處

在高二千五百八十尺地方現開五洞曰本

口坑有本坑新口出合坑大通洞坑小瀧坑

計有九十八所礦內採挖夫有二千九百二

十八其餘搬運燒鍊土木工匠管理機器倉

庫山林薪炭醫藥自總辦及諸執役總計有一萬零九百二十五人之多內選鑛導火兼用女工四百餘人其作工之法每晝夜分三班每班作工八點鐘每人每日可挖鑛質二百五十斤至三百十二斤查明治二十九年分帳目該鑛全年出過鍊淨銅斤九百八十

九萬四千三百四十九斤每日約計可得淨
銅二萬七千五百餘斤洞内鐵路長十四萬
一千五百三十八尺洞外鐵路長三萬一千
六百二十一尺馬車鐵路尚不在内洞内電
氣起重機每舉一次上下五百尺每次可運
兩礦重每二分鐘時可運一次電氣抽水機

每次上下三百尺每抽一次去水二噸重每二分三十秒時可抽一次實屬異常便捷其廠所設在山半所有至平地上下運料皆用鐵軌鐵索運轉（譯言絲路）挂計長九萬三千三百八十四尺馬力一百六十五匹每晝夜可運七萬七千四百二十貫目（每貫目合中量百兩）約合四

十五萬餘斤該鑛於二百八十五年前始行
查得向由幕府派人辦理明治歸政後四年
改歸民辦十一年始由現在礦商古河市兵
衛辦理焉
十九日
正午偕外務省繙譯官小林光太郎三井分行

御幡雅文附輪車回東京夜七鐘過上野就食

於梅川酒肆九鐘抵使館

二十日

上午偕三井分行御幡雅文往訪商品陳列館

長佐藤顯理三井綱莊幫辦高橋義雄

二十一日

上午九鐘偕上海總領事小田切萬壽之助外務省繙譯官小林光太郎往閱陸軍省東京廠兵工廠參謀本部步兵大佐已先派陸兵大尉田中新助候於廠外延入與提理陸軍少將櫻井重壽副提理陸軍廠兵少佐野村茂樹相晤旋派陸軍大尉小林鉀八郎前導歷觀廠內小

銃製造所銃包製造所礮具製造所火藥製造
所每所又分工程數處各從其類由初造以底
於成復至試銃所觀試新銃名三十二年式者
機括靈便每十四秒連發五響遠及四千尺彈
力較毛瑟鎗更遠且大後引至山隈觀試驗電
機燃藥之法先植大木於百步外藏以炸藥引

電綫於山隈一撥機但聞聲如巨霆大木已成

粉碎閱畢小林大尉導游後樂園園爲明季朱舜水手拓

水木明瑟頗有南中風景入池亭小憩談次詢

悉現用工匠六千餘人樓常日可造馬步銃各

五百桿若軍務緊急加工趕造則日出馬步銃

各五千桿成本每桿需銀十四元彈藥每千需

銀三十元再閲兩年所造馬步銃足敷舉國豫備後備各兵之用下午四鐘上海總領事小田切萬壽之助復來約赴澁澤別墅品茶之約藉談商務垂則商業會議所督辦澁澤榮一與東洋流船株式會社長淺野總一郎同作主人暢談至十二鐘始歸

按礮兵工廠分設於東京大阪而均隸陸軍省專製陸軍所需兵械彈藥及海軍所需火藥而設東京總工廠則有小銃製造所銃包製造所礮具製造所目黑火藥製造所板橋火藥製造所岩鼻火藥製造所大阪總工廠則有火礮製造所礮架製造所彈丸製造所

火具製造所宇治火藥製造所此外則就各礮兵駐紮處所另設分廠以備修理經費取給於總廠而就近歸各該處礮兵隊長管理總廠內執事人員有提理（礮兵大中佐充之）副提理（礮兵少佐充之）檢查官（礮兵少佐大中尉充之）製造所長（礮兵少佐大尉充之）所員（礮兵大中尉充之）軍醫軍夫技師各名目

致日本軍備初用來福鎗至明治九年十月近衛鎮臺始改用士乃得鎗亦有改用馬梯呢鎗者十年二月廢來福鎗中間以供操演軍礮兼用克虜伯及阿姆斯脫郎布魯曼士是時工廠未能製大礮僅能造馬梯呢士乃得各鎗有礮兵大佐村田以新法製銃經礮兵會議

所議用名曰村田銃礮兵會議所始自九年七月每年招集將佐會議兵器彈藥之式樣兵之規制議定乃行礮工廠中遂倣造之自後復精益求精現時所製銃曰三十二年式轉駕毛瑟鎗而上之然視初設廠時已七變其法矣

二十二日

上午九鐘出橫濱應粤商曾卓軒之招四鐘回東京易車往京橋區查看電話機器工廠主人為吉田正秀曾充電務總辦者引觀製造各所男女工三百餘人與西洋所製電話箱無異即德律風成本較廉主人復泛舟同至想島八百松酒樓在座者為外務書記官三橋信方上海總領

事小田切萬壽之助外務省繙譯官小林光太郎酒闌索書屏幅以誌歲月

二十三日

上午七鐘外務省派員賫送

日皇贈學詢勳二等瑞寶章一座謹領畢遂偕外務省繙譯官小林光太郎往閱陸軍士官學校至

則陸軍大尉田中新助在焉由其學校副官引閱各部生徒（部凡三等第三部升至第一部）分學術兩科以為考程各有等級第其深淺而受業焉凡在校中肄業有定起居有時游息有所犯規者罰自暴自棄則禁錮之情重者吏除其名所受之業教師必詳為講解舉城壘建築之法地勢測量之

法銃礮製造之法隊伍分合之法步伐整齊之
法馬騎控御之法彈丸命中之法繪圖摹寫之
法器用修理之法皆按圖註說以指示猶未盡
者復分析其形模造其體揉紙摶泥或刻木或
鎔蠟或鑄鐵以肖之務使生徒心目了然長其
智慧又於野營演習時召之試練現有學校生

徒八百人朝鮮生徒已有入校者兩江兩湖去

年派出學徒聞尚未選入校內云下午六鐘假

座帝國大酒店還請日本各大臣藉伸報謝

二十四日

上午十鐘三井分行御幡雅文來告三井總行

知君等將歸國今日東主及各行督辦總辦齋

集三井銀行敦請下午過談屆時赴約至則該
行主人男爵三井八郎右衛門督辦中上川彥
次郎益田孝及各行總辦延入叙談良久訂以
此會為將來聯絡商務之基並欲挽留游覽三
池煤礦許以到長崎有暇當繞道往否則俟諸
異日歸館後上海總領事小田切萬壽之助復

來偕謁伊藤侯話別約鐘許始出即赴紅葉館

還請日本各部次官局長書記官館長到者二

十餘人

二十五日

上午十鐘上海總領事小田切萬壽之助來偕

往外務省辭行適青木大臣避暑未歸晤次官

高平小五郎談甚久兼拜各局長書記繙譯等
官並往各大臣暨官紳士商家告别六鐘復在
紅葉館設讌邀請日本諸紳商而横濱中國各
商董亦來與宴中外歡聯誠盛會也是日予爵
長岡護美來以詩送别瀛島論交如此稀何堪
今日送征驂槎乘星漢才難敵學究天人願不

達萬里滄溟勞遠涉九秋風物賦將歸圖經着

就綏邊略攜返嘉猷獻禁闈

二十六日

下午六鐘啟行回華中國公使李盛鐸相送至

新橋是日日本官紳士商來送者百數十人高

平次官至稍後匆匆數語而輪車已展發矣中

國使館繙譯官馮國勲外務省繙譯官小林光
太郎三井分行御幡雅文均送至神戶上海總
領事小田切萬壽之助送至中途別去八鐘道
經橫濱商董張汝果袁淦羅廷琛孔雲生等乘
輪車出數里候於道左一握爲别

二十七日

上午十一鐘直抵神戶三井分行高橋鈴大郎
來見遂與外務省繙譯官小林光太郎三井分
行御幡雅文就食於西常盤下午川崎船廠總
辦松方幸次郎來具道伊父松方正義伯爵現
任大藏省大臣以養病鄉居未得在東京把晤
為憾次郎現充神戶川崎製船所社長請翌日

蒞廠一閱製造工程則十分欣幸以其誠懇諾

之五鐘登船

二十八日

上午七鐘大雨偕三井分行御幡雅文乘其公司小輪往川崎船廠總辦松方幸次郎導看製造工程規模與芝浦同九鐘歸次郎復送至船

上十二鐘外務省繙譯官小林光太郎三井分
行御幡雅文與送行者均過小輪船往西行五
鐘枪機壞停修逾三鐘之久
二十九日
上午八鐘船抵馬關三井分行井上秦三郵船
會社甲藤求已各駛船來請登岸謝却之晚抵

長崎已十一鐘矣

三十日

上午七鐘三井分行松尾長太郎鼓輪來接婉

辭下午五鐘復來握送駐長崎中國領事官張

桐華郵船會社總辦均來見六鐘三刻開行

八月初一日

天陰雨舟行微有摇盪

初二日

上午十一鐘入吳淞口十二鐘泊岸駐滬日本

代理總領事松村貞雄繙譯官船津辰一郎三

井洋行吳永壽來見遂登岸

卷下終